DE LA LIBERTÉ

DE

CONSCIENCE ET DE CULTE

A HAÏTI.

IMPRIMERIE DE J. TASTU,
RUE DE VAUGIRARD, N° 36.

DE LA LIBERTÉ
DE
CONSCIENCE ET DE CULTE
A HAÏTI.

PAR M. GRÉGOIRE,
ANCIEN ÉVÊQUE DE BLOIS.

PARIS.
BAUDOUIN FRERES, LIBRAIRES,
RUE DE VAUGIRARD, N° 36.

JUILLET 1824.

DE LA LIBERTÉ
DE
CONSCIENCE ET DE CULTE
A HAÏTI.

Je n'ai aucun droit d'intervenir dans les affaires ecclésiastiques, civiles et politiques des Haïtiens; s'ils attachent de l'intérêt aux écrits que je leur adresse, c'est un acte de confiance volontaire envers un homme qui leur est connu par une affection sincère pour les hommes de toutes les couleurs et qui s'est dévoué, dès sa jeunesse, à la défense des opprimés, spécialement à celle des enfans de l'Afrique; mais à leur tour, seraient-ils devenus oppresseurs? C'est l'accusation dirigée contre quelques-uns d'eux, par quelques *méthodistes* installés à Haïti, où ils ont formé un petit troupeau de prosélytes.

M. de Fernex, ministre genévois, dans un discours adressé, naguère, au consistoire de son Église, parlait des mouvemens que les méthodistes excitent dans tous les pays chrétiens (1). Un autre ministre, M. Chenevière, se plaint, avec amertume, des hostilités contre l'Église de Genève, par les méthodistes (2). Ce témoignage de deux personnages distingués parmi les calvinistes, pourrait-il être suspect? Il est fortifié par celui d'un savant médecin de la même communion, établi à Haïti,

---

(1) Discours prononcé au consistoire de l'église de Genève, le 14 janvier 1819, par Fernex, pasteur. In-8°, Genève, 1819, p. 11.

(2) Causes qui retardent chez les réformés les progrès de la théologie, par Chenevière, 2e édition, in-12. Genève, 1820, pag. VIII de l'avant-propos.

dont la lettre, sous mes yeux, s'énonce d'une manière défavorable aux méthodistes de cette contrée. Ce tableau serait bien rembruni, s'il était vrai, comme l'assurent d'autres personnes revenues de cette île, qu'un jeune homme, fanatisé par eux, ait porté sur sa mère une main sacrilége.

Mais comment concilier ces détails avec les plaintes qu'on fait retentir dans les journaux, et que m'envoient d'Angleterre des hommes respectables, sur les persécutions exercées, disent-ils, contre les méthodistes du Port-au-Prince? Est-il vrai que, dans les pratiques de leur culte, ils aient été insultés, assaillis de pierres, et même en danger de perdre la vie? Le seul article sur lequel ces relations contradictoires soient d'accord, c'est à louer la sagesse et la bienveillance du président de la république.

Dans cette divergence de narrations, quel moyen d'atteindre et de saisir la vérité? N'en serait-il pas comme de la presque totalité des disputes, où les griefs respectifs sont exagérés et les torts partagés?

Toutefois, en admettant comme fondées les réclamations des méthodistes, on pourrait demander encore si au lieu d'être attaqués comme sectaires, ils ne l'ont pas été comme blancs, ou comme étrangers, d'après des soupçons sûrement erronés, et cependant naturels chez un peuple rendu à la liberté par son courage, mais assiégé par des hordes d'espions qui, après avoir joué leur rôle d'infamie, reviennent en Europe mendier le salaire de leurs turpitudes.

Dans les doléances envoyées d'Haïti à mes amis d'Angleterre, il est dit que « quand on jette des pierres » à ces méthodistes, le coup re-

» jaillit sur plusieurs membres du » parlement britannique leurs par- » tisans, et sur certains évêques » (anglicans) auxquels cette agres- » sion donne la mesure de ce que » l'on ferait contre eux, si on avait » le pouvoir. »

Cette insinuation me paraît maladroite, car elle rappelle, à quiconque réfléchit, que dans les îles britanniques sept millions et plus de catholiques, presque tous Irlandais, n'ont pas même l'étendue de liberté religieuse accordée aux juifs et aux quakers, qui du moins peuvent être mariés et inhumés sans l'intervention des ministres anglicans; que récemment encore le docteur Blake, archidiacre catholique de Dublin, ayant récité une prière sur la fosse d'un catholique, à l'instant le docteur Magée, archevêque protestant, lui a fait signifier qu'il n'avait pas ce droit (1) (le clergé catholique vient enfin de l'obtenir) ; que ces sept millions de catholiques sont contraints de payer la dîme au clergé anglican, et contraints, dans leur pauvreté, d'économiser quelques deniers de misère pour entretenir les temples anglicans, tandis que beaucoup de leurs églises d'Irlande tombent en ruine (2). Que de ces sept millions de catholiques, condamnés à l'exhérédation politique, aucun ne peut siéger au parlement, pour y défendre les libertés nationales, conquises jadis et maintenues par leurs ancêtres catholiques. Etaient-ils protestans cet Alfred, si justement appelé le *Grand*, ce saint Edouard, et ce Langhton,

(1) V. Le Journal Real John Bull, 18 septembre 1823, pag. 306, 3e colonne.

(2) *V.* dans les journaux anglais les détails de la séance de la chambre des communes du 21 juin dernier.

archevêque de Cantorbéry, qui, à la tête des barons catholiques, força le roi Jean à donner la grande Charte? Après cela, faites de belles harangues sur la justice, et pérorez éloquemment sur la reconnaissance.

Récriminer, je le sais, n'est pas répondre. A Dieu ne plaise que, par ces allégations, je veuille justifier ni atténuer le tort d'un attentat contre la liberté de conscience; mais pour la gravité des faits et la durée des persécutions, comparez l'agression d'une poignée d'hommes coupables contre une poignée d'étrangers méthodistes, avec l'iniquité persévérante, pendant des siècles, d'un peuple qui ravit les droits politiques, et une partie des droits religieux à sept millions de catholiques ses concitoyens; iniquité qui *rejaillit et frappe sur tous les catholiques des autres contrées.* La douleur et la vérité m'arrachent ces réflexions sur un peuple qui, d'ailleurs, a tant fait pour la gloire de l'humanité, qui a tant de titres à l'estime, tant d'hommes recommandables, et des droits à ma reconnaissance personnelle.

On ne manquera pas d'alléguer que cette persécution dont on s'efforce vainement de pallier l'odieux sous le nom *d'incapacité ou de restriction*, comme l'appelait Warburthon, évêque de Glocester, est fondée sur des motifs politiques...... motifs politiques, *raison d'Etat*, qu'un pape a très-énergiquement nommée *raison du diable*, excuse bannale de toutes les tyrannies. La vraie politique, la seule digne de ce nom, est une branche de la morale; si, dans la pratique, vous lui ôtez ce caractère, la politique n'est plus qu'une parodie criminelle de la justice et une fourberie.

Pour un moment, admettons l'hypothèse qu'un parlement catholique, non content de refuser les droits politiques à sept millions de protestans, sur vingt millions de citoyens, les condamne à se faire marier, enterrer par le clergé catholique, et à le nourrir : de quelles justes clameurs ils feraient retentir le monde! Il en serait de même de ces colons planteurs des Antilles, qui tant de fois nous ont vanté la félicité de leurs esclaves, à laquelle ceux-ci s'obstinent à ne pas croire. Si les rôles étaient changés et que le Créateur noircît l'épiderme de ces colons, tenez pour certain qu'à l'instant ils changeraient de langage. Telles sont la faiblesse et l'inconséquence des hommes; leurs opinions sont, d'ordinaire, subordonnées à leurs intérêts; par là s'explique la résistance opiniâtre à l'émancipation entière des catholiques, qui, sur le ban des évêques anglicans, n'ont guère trouvé de défenseurs que Watson et le vénérable Bathurst.

Il m'est doux de présenter en contraste la conduite de la France, qui, dès les premières époques de sa révolution, rendit la plénitude des droits politiques et religieux aux juifs, aux protestans, aux anabatistes. Celui qui rappelle ces faits, s'honore d'avoir, comme représentant de la nation, contribué à un acte de justice qu'il avait antérieurement provoqué par ses écrits.

Ces préliminaires nous ramènent à la question complexe de tolérance religieuse et de tolérance civile. Sans cesse l'ignorance et la mauvaise foi entourent de nuages cette matière tant de fois débattue, parfaitement éclaircie, et sur laquelle, dans l'impossibilité de dire quelque chose de neuf, on est presque réduit à répéter :

La tolérance religieuse qui envisagerait tous les cultes comme également utiles et vrais, ou comme nuisibles, faux et indifférens, ne serait guères qu'un athéisme pratique. Un être raisonnable ne peut être indifférent sur la religion, car la gloire de Dieu et le salut de notre ame, voilà le but final auquel nous devons tout rapporter dans notre court pélerinage sur la terre qui n'est que le vestibule de l'éternité.

Il n'y a qu'un Seigneur, une foi, un baptême (1). Il ne peut exister qu'une religion véritable, puisque la vérité est une, et comme l'a dit celui qui est la vérité même, il n'y a qu'un *bercail*, dès-lors qu'une voie pour arriver au ciel. Dans beaucoup de sociétés protestantes les *latitudinaires* s'efforcent actuellement d'élargir cette route que Jésus-Christ déclare très-étroite. Invariablement

(1) Éphèse, 4. 5.

attachés à sa doctrine, nous tenons et nous tiendrons toujours à cette arche, dont celle de Noë était le type, et hors de laquelle il n'y avait que naufrage, à cette église catholique, apostolique et romaine, souvent nommée dans les débats du parlement d'Angleterre, l'*ancienne foi*, l'*ancienne religion*, l'*ancienne église*, même par des évêques anglicans qui avouent par-là que le protestantisme est une nouveauté.

Méritent-ils une réponse sérieuse les hommes qui, parce que nos dogmes sont exclusifs, accusent l'Église catholique d'être sanguinaire, comme si elle ordonnait de haïr, de maltraiter ceux qui ne partagent pas notre croyance, tandis qu'elle prescrit au contraire de les aimer, de leur faire du bien. La parabole du Samaritain est l'emblème attendrissant sous lequel Jésus-Christ inculque ce commandement céleste.

Mais peut-on aimer un homme qu'on regarde comme damné? Eh! qui vous a révélé que tel homme vivant soit damné? C'est peut-être un prédestiné, un vase d'élection; se constituer juge de son état futur, c'est envahir les droits de Dieu qui, jadis ayant tiré nos ancêtres des ténèbres du paganisme, n'est pas moins puissant pour ramener à la vérité, à la vertu, celui qui est égaré dans la route du vice et de l'erreur. *Tout don parfait vient d'en haut* (1). La grâce triomphera peut-être dans son ame sous des formes inapperçues, mais non moins merveilleuses que la conversion de saint Paul renversé sur la route de Damas, où, suivant l'expression d'un orateur chrétien, il tombe persécuteur, il se relève apôtre.

L'unité catholique repoussera tou-

---

(1) Jacob. 1. 17.

jours cette tolérance religieuse, ou plutôt irréligieuse, qui serait un amalgame incohérent et coupable de l'erreur et de la vérité, de la sagesse et de la folie, de la lumière et des ténèbres.

Il n'en est pas de même de la tolérance civile, expression impropre qui, sans approuver tous les cultes, assure à chaque homme le droit naturel d'exercer, à ses risques, celui qu'il a choisi.

La religion est le rapport individuel de l'homme à Dieu. Les opinions religieuses sont le résultat des opérations de son intelligence trop souvent égarée, par des motifs secrets qu'il ne sait pas toujours apprécier, et dont il ne doit compte qu'à Dieu; s'il se trompe c'est son affaire; on lui doit quelquefois des conseils, et toujours des prières, pour demander au ciel de l'éclairer; mais doué d'un libre arbitre, dont il peut user ou abuser, il est maître de suivre ou de rejeter ces conseils, autrement la religion ne ferait que des opprimés et des hypocrites.

La liberté de penser a pour conséquence immédiate la liberté de publier ses pensées, d'y conformer sa conduite en ce qui ne blesse pas la morale naturelle ni les lois, conséquemment le droit d'y joindre les actes du culte extérieur, de se réunir à ceux qui pensent comme lui, pour l'exercer. A cette réunion, seulement, commence la surveillance du magistrat, qui n'a pas le droit d'intervenir dans les choses de la conscience. La conscience est une forteresse où il ne peut pénétrer. L'orthodoxie et l'hérésie sont hors de sa compétence. Tout ce qu'il peut, tout ce qu'il doit, concernant le culte extérieur, c'est d'empêcher qu'on ne trouble sa paix, et qu'il ne trouble celle des autres. Si un culte est cause ou occasion de quelque désordre contre la tranquillité publique, les citoyens, pour le réprimer, sont dans le cas d'invoquer l'autorité civile; mais aucun d'eux n'a le droit d'usurper cette autorité, ni de se substituer à la loi, dont les magistrats sont les organes chargés de l'appliquer.

Ces principes simples et irréfragables, jadis méconnus chez vos voisins des États-Unis, y sont actuellement en pratique, puisqu'un savant israëlite, M. Noah, était dernièrement Scherif de New-Yorck, et qu'un prêtre catholique, dont je regrette d'avoir oublié le nom, vient d'être nommé membre du congrès; mais ces républicains peuvent-ils concilier leur déclaration des droits avec l'esclavage de seize cent mille Africains; ils ont repoussé la noblesse de parchemins, quand repousseront-ils le stupide préjugé de la noblesse de la couleur?

Plusieurs philosophes de l'antiquité nous ont laissé de belles maximes de morale; mais aucun, avant Jésus-Christ, n'atteignit la douceur, la sublimité de ces préceptes divins : « Vous aimerez Dieu sur toutes cho-» ses, et le prochain comme vous-» même. Faites pour les autres ce » que vous désirez qu'on fasse pour » vous. Aimez vos ennemis, faites » du bien à ceux qui vous haïssent. » Voilà la loi et les prophètes (1). » Il blâme deux disciples qui voulaient faire descendre le feu du ciel sur une ville des Samaritains qui n'avait pas voulu les recevoir (2). Et quand il confère à ses apôtres la mission d'annoncer l'Evangile, parle-t-il de

(1) Math. 19. 19 et 22. 37-39. — Marc. 12, 30-31. — Math. 5. 45.

(2) Luc. 9. 52 et suiv.

violence contre ceux qui refuseront de les accueillir? Il veut seulement qu'en sortant de leur ville, ils secouent la poussière de leurs pieds (1). Les injonctions et les faits qu'on vient de citer, seront à jamais l'arrêt irrévocable, l'anathème lancé contre les persécuteurs; quand j'entends parler de chrétiens qui persécutent, je suis tenté de croire qu'ils n'ont pas lu l'Evangile.

Tous les chrétiens instruits savent que ces mots : *Contrains-les d'entrer* (2), dont le sens fut si souvent dénaturé par l'ignorance et la plus insigne mauvaise foi, ne signifient que les exhortations pressantes de la charité. Ce sont les expressions dont se sert l'Ecriture, en parlant de Loth, qui invite

---

(1) Math. 10. 14. — Marc. 6. 11. — Luc. 9. 5 et 10. 11. — Act. 13. 5 et 22. 23.

(2) Luc. 14. 23.

les anges à entrer dans sa maison (1) ; et les expressions de Lydie, lorsqu'ayant reçu le baptême, ainsi que toute sa famille, elle presse saint Paul et ses compagnons d'accepter chez elle l'hospitalité (2).

Quoique notre divin Rédempteur, au risque d'être calomnié, mange avec des pécheurs, pour les convertir, il recommande *de se préserver du levain des pharisiens*(3). Il veut même qu'on regarde comme un publicain et un pharisien celui qui n'écoute pas l'Eglise (4); avertissement salutaire pour mettre en garde contre des séductions où la foi ferait naufrage. C'est dans le même sens que saint Paul recommande d'éviter la société d'un for-

(1) Genes. 19. 3.
(2) Act. 16. 14. 15.
(3) Math. 16. 6 et 11.
(4) *Ibid.* 18. 17.

nicateur (1); de ne pas se lier avec des infidèles (2), de fuir un hérétique qu'on a repris deux fois sans succès (3). C'est dans le même sens que saint Jean ne veut pas même saluer l'hérétique (4). Mais ils n'interdisent pas les rapports de bienveillance ni les liaisons de commune utilité et de services réciproques dans la vie civile. Héritiers de la doctrine et des exemples de Jésus-Christ, les saints pères, dans leurs écrits, attestent que l'esprit de l'Eglise fut toujours de ne forcer personne dans l'asile de sa conscience.

Tertullien, qui reproche à l'empereur Constance ses violences, déclare que le droit naturel assure à chacun la faculté d'adorer ce qu'il

(1) 1ª Corinth. 5. 9.
(2) 2ª Corinth. 6. 14.
(3) Ad Tit. 3. 10.
(4) 2ª Joan. v. 10-11.

veut, et que violenter les cœurs est une action contraire à l'Evangile (1).

Athénagore insiste sur la liberté de conscience établie par les lois impériales, en réclamant le même avantage pour tous les chrétiens (2).

Saint Hilaire, en parlant des persécutions exercées par les ariens contre les catholiques, leur démontre combien il est injuste d'employer la force au lieu de la raison (3).

Saint Athanase pose en principe que la religion doit être établie par la persuasion, à l'imitation de notre Sauveur, qui ne contraignait personne à le suivre. Les violences employées par les hérétiques, pour forcer à l'adoption de leurs erreurs,

(1) Tertullian. de præscript. c. 4. et ad Scapul.

(2) Athenagore, legatio pro christianis.

(3) Les Discours de Saint-Hilaire à Constance.

ont par-là même un caractère qui en atteste la fausseté (1).

Saint Chrysostôme annonce qu'il n'est pas permis aux chrétiens d'user de rigueur pour détruire l'erreur. Les armes avec lesquelles on doit travailler au salut des hommes, sont la douceur, la persuasion; maximes fréquemment répétées dans ses écrits (2).

Saint Augustin apostrophe les Manichéens en ces termes: Que ceux-là vous maltraitent qui ne savent pas avec combien de peine on découvre la vérité: pour moi, je ne peux vous maltraiter. Je dois avoir pour vous la même condescendance dont on usait à mon égard, lorsque

---

(1) S. Athanase, Historia Arianor. ad monachos. T. 1, p. 381.

(2) S. Chrysostôme, de sancto Babyl. contra Julian. T. 2, p. 540, et T. 8, 281. homel. 47. in Joan.

mon aveuglement me portait à soutenir vos erreurs (1).

Lactance tient le même langage, en disant que la religion ne doit pas être forcée, et que les mauvais traitemens ne peuvent rien sur la volonté (2).

Saint Grégoire le Grand indique dans quel esprit de mansuétude on doit travailler à la réunion des frères séparés de l'Eglise (3).

Le vénérable Bède raconte que les moines, envoyés en Angleterre par ce saint pontife, inculquèrent au roi Ethelbert des maximes de tolérance, et que ce prince s'étant converti, il ne contraignit personne à l'imiter, parce qu'il avait appris

---

(1) S. Augus. T. XI, contra Epist. Manich. p. 151 et 152.

(2) Lactant. Institut., T. I, liv. 5, p. 413.

(3) S. Gregor. Epistol., T. II, l. 1, Epist. 14, p. 500.

de ses docteurs que le service de Jésus-Christ est volontaire (1).

Nous autres Français aimons à citer Salvien, prêtre de Marseille, qui, en s'opposant énergiquement à ce qu'on persécute les hérétiques, ne désespère pas de leur conversion, et veut qu'on les tolère parce que Dieu les tolère (2).

Saint Martin, évêque de Tours, avec les évêques d'Espagne et des Gaules, se sépara de la communion d'Ithace et d'Ursace, qui, en provoquant la persécution contre Priscillien et ses sectateurs, avaient renoncé à la douceur chrétienne. Baronius et Collier ont répété ces détails, qui sont la censure anticipée de l'inquisition. Ce tribunal de sang dont l'existence calomniait la religion catholique est étranger aux beaux

(1) Beda, l. 1, c. 26.
(2) Salvian. de Gubernat. Dei, l. 5.

siècles de l'Eglise et à son esprit, il ne pouvait naître que des ténèbres de l'ignorance et du despotisme dans la fange du moyen âge. A cette monstrueuse institution, je ne vois rien de comparable que les lois *draconniennes* rédigées, publiées contre les catholiques d'Irlande, et par qui .... (1).

La charité animait les illustres évêques Godeau, Fléchier, le cardinal Camus, Fénélon. Ce dernier écrivait à Louis XIV : « Accordez à tous la tolérance civile, non en approuvant tout comme indifférent, mais en souffrant avec patience ce que Dieu souffre et en tâchant de ramener les hommes par une douce persuasion (2).

---

(1) Plusieurs écrivains en ont publié la collection, *voy.* spécialement celle de M. Scully : *Statement of the penal Laws which aggrieve the catholics of Ireland*, in-8°. Dublin, 1802.

(2) Vie de Fénelon, par Ramsay, p. 175.

Comparez cette morale évangélique avec les explosions de malveillance qui, depuis des siècles jusqu'à présent, se reproduisent fréquemment dans des libelles protestans. Ont-ils jamais cessé d'accuser l'Eglise catholique, d'être idolâtre et d'adorer les saints, quoiqu'ils sachent le contraire, quoiqu'ils soient démentis par l'enseignement uniforme, universel et perpétuel de tous nos livres dogmatiques, nos sermons, nos catéchismes, sans en excepter un seul . . . . un seul.

Ils font de l'Eglise catholique des peintures révoltantes dont l'imposture et la colère ont broyé les couleurs, puis ils appellent cela le *papisme*; mais celui qui, dans ces derniers temps, a montré plus d'acrimonie, plus accumulé d'injures contre nous, c'est peut-être le prédicateur de la *convocation* ou assemblée synodale tenue en juillet 1807 dans la cathédrale Saint-Paul de Londres. Il déclare que les *catholiques sont ennemis des lois divines et humaines*. Ce discours latin prononcé en présence d'une assemblée nombreuse du clergé anglican et imprimé par ordre de l'archevêque de Cantorbéry, ne devait pas rester sans récompense, et le docteur Spark est devenu évêque d'Ely (1).

Or que peut-on faire de *gens ennemis des lois divines et humaines?* Un évêque anglican, dont il sera parlé ailleurs, vous dira qu'il ne faut pas les tolérer ni en public ni en particulier, et tel était l'avis du principal fondateur des méthodistes, John Wesley. Dans une lettre du 12 janvier 1780, philippique ca-

(1) *V.* sur ce discours The History of Ireland from its union with Great Brtain., etc., in-8°. Dublin, 1811, l. 3, p. 839 et suiv.; par le savant et respectable M. Francis Plowden.

lomnieuse et virulente contre l'Eglise catholique, après avoir dit qu'il ne faut persécuter personne pour ses principes religieux, il déclare textuellement que les catholiques ne doivent pas être tolérés par aucun gouvernement protestant, ni même chez les Turcs et les Païens.

A la vérité, un autre écrivain protestant présume que cette hostilité de John Wesley était seulement une aberration d'esprit que son cœur eût désavouée s'il avait mieux connu les catholiques (1). Quoiqu'on ait imputé à ses sectateurs la même aversion contre l'Eglise catholique, admettons pour eux et pour leur fondateur l'excuse que fournit Nightingale.

Je me hâte de dire qu'on se trom-

---

(1) A portraiture of the roman catholic religion by Nightingale, in-8°. London, 1818, pag. 461 en note.

perait complètement si l'on envisageait comme acte de représailles ces citations hideuses dont il serait facile de grossir étonnemment le nombre. J'ai voulu seulement faire sentir à ceux qui réclament avec raison la liberté de conscience et de culte, qu'ils ne doivent pas se montrer intolérans envers les autres.

Haïr est si affreux! aimer est si doux! je supplie, je conjure mes frères catholiques d'opposer à la haine toutes les effusions de la bonté dont Jésus-Christ a donné le précepte et l'exemple. Malheur à celui qui ne cherche pas, qui ne saisit pas avec empressement l'occasion de faire du bien à ceux qui lui ont fait ou voulu du mal!

Nous devons regarder les Turcs comme nos frères, disait le vertueux Fitz-James, évêque de Soissons (1).

---

(1) *V*. son mandement de l'an 1753.

A plus forte raison devons-nous porter des regards de tendresse et sur les Grecs et sur cette multitude de sectes détachées de la tige catholique. Si la vérité avait le droit de persécuter l'erreur, à son tour l'erreur étalerait la même prétention. De-là naîtraient des guerres si improprement appelées religieuses qui ensanglanteraient le monde. Nos frères errans, déjà trop malheureux d'avoir quitté le centre de l'unité, conservent des droits ineffaçables sur nos cœurs. Leurs ancêtres ont déserté l'Eglise catholique, leurs descendans peut-être y reviendront comme les Juifs reviendront à celui que leurs aïeux *ont percé* (1); mais eussiez-vous la certitude que leur séparation est sans retour, rien n'autoriserait à troubler leur culte. En remerciant Dieu de vous avoir fait

(1) Joan. 19. 37.

naître dans la véritable religion, craignez que ce trésor ne vous échappe en punition d'avoir manqué de charité, et d'avoir abusé des grâces reçues. Que cette crainte soit pour vous un motif qui vous lie plus étroitement à cette Eglise catholique, la seule dont la visibilité offre aux intelligences les plus bornées une suite non interrompue de premiers pasteurs depuis saint Pierre jusqu'à Léon XII, son successeur actuel. C'est sous les yeux des papes que les Juifs ont constamment et publiquement exercé leur culte à Rome. Ils sont connus pour les plus anciens citoyens de cette ville, puisqu'ils n'ont pas cessé d'y occuper le quartier qu'ils habitaient du temps de Vespasien.

Persécuter les hommes pour leurs opinions religieuses est non-seulement une injustice, un crime; c'est encore un acte très-impolitique qui aigrit les ames, qui assure les progrès de l'erreur et lui donne du ressort, car il est dans la nature humaine de s'attacher plus fortement à ce qu'on veut lui enlever. L'amour-propre s'identifie à des opinions dont la conservation lui a coûté des sacrifices. C'est ainsi qu'en brûlant les Albigeois, on fit plus de sectateurs au manichéisme que sa doctrine ne lui en avait acquis.

La persécution fait des hypocrites. Tels étaient ces prétendus convertis de la péninsule espagnole, que la doctrine du rabbin Maimonide autorisait à dissimuler, et qui, cachés sous le titre de *nouveaux chrétiens*, judaïsaient en secret.

« La religion, dit un historien » de l'Eglise, doit se conserver et » s'étendre par les mêmes moyens » qui l'ont établie. La prédication, » accompagnée de discrétion, de » prudence, la pratique de toutes

» les vertus et surtout une patience
» sans bornes (1). »

Ceci amène des réflexions nouvelles sur la conduite à tenir envers les autres cultes.

Le zèle sans lumière ne serait qu'une torche incendiaire. Vous désirez faire des conquêtes à la religion catholique. En voici les moyens: l'instruction, la charité, la prière, le bon exemple.

Dans les disputes, l'aigreur de parti et le mélange hétérogène des passions affaiblissent toujours les raisonnemens. Il n'en est pas de même des discussions libres et amicales auxquelles président la droiture, le désir sincère de connaître et de faire connaître la vérité. Mais

---

(1) Discours sur l'Histoire ecclésiastique, par l'abbé Racine, T. II, p. 402.

au lieu d'argumens, exhaler des injures et *lancer des pierres*, c'est attaquer le corps quand il faut convaincre l'esprit; c'est imbécillité et atrocité; c'est donner gain de cause à ceux qu'on ne peut réussir à persuader. Vous devez être catholiques, non comme on le dit sottement, parce que vos parens étaient catholiques, non parce que vous êtes nés dans cette religion, mais parce qu'elle est la véritable, la seule véritable. Votre soumission à la foi doit donc être fondée en raison (1). Vous devez être en état, dit saint Pierre, *de rendre compte de votre espérance à qui vous le demande* (2), sans cela vous n'êtes catholiques que de nom. Vos hommages peuvent-ils être agréa-

(1) Roman. 12. 1.
(2) 1ª Petr. 3. 15.

bles à Dieu, si vous ne savez pas pourquoi vous les lui rendez?

Il y a plus, vous devez transmettre le dépôt sacré de la religion à vos enfans, les prémunir contre le danger de l'erreur; car, vérité et vertu, voilà le premier des biens, le plus précieux des héritages. L'écriture sainte dit : *Tu as un fils, instruis-le* (1); elle ne dit pas, enrichis-le; et à quoi lui serviraient les richesses, s'il n'a pas appris l'art d'en faire un saint usage? Si votre ignorance vous accuse, celle de vos enfans, non moins accusatrice, attestera que vous avez manqué à l'un des principaux devoirs de la paternité.

Bossuet, dans sa première instruction *sur les promesses faites à l'Eglise*, recommande aux catholiques de donner bon exemple à ceux

---

(1) Proverb. 19. 18, et 29. 17.

qu'ils veulent convertir (1). L'éloquence de l'exemple l'emporte sur celle des plus beaux discours. Mais par quelle fatalité, certains hommes zélés, en apparence, pour l'intégrité de la croyance, le sont-ils si peu pour l'intégrité de la conduite? Tel qui répugnerait à fréquenter un individu d'une autre religion, a-t-il la même répugnance à fréquenter un concubinaire, un libertin, un ennemi des lois et de la liberté publique? et peut-il offrir la pureté de ses mœurs comme un gage de la pureté de sa foi? tant de gens s'aveuglent par l'idée que le zèle, sur certains articles, est, aux yeux de Dieu, une compensation de leur relâchement sur d'autres! Ils consentent à faire tout, excepté de se corriger. Or, ces frères errans, ces méthodistes, comparent votre vie

(1) Nº 52.

avec l'Evangile. Ils remarquent si la sainteté du mariage, la fidélité conjugale, la piété filiale sont en honneur parmi vous.

Si l'ordre règne dans vos ménages, si vos enfans sont élevés dans la connaissance et la pratique de leurs devoirs religieux et moraux.

Si vous leur donnez l'exemple du travail, de la chasteté, de l'humilité, de la douceur.

Si, vivant en bonne intelligence avec tout ce qui vous environne, vous êtes empressé de rendre service à votre prochain, c'est-à-dire à tout le monde, quelles que soient la croyance, l'origine et la couleur.

Si la droiture préside à vos actions, et la sincérité à vos paroles.

Si les sacremens et les offices divins sont fréquentés.

Si le dimanche n'est pas un jour profané par une dissipation entièrement mondaine, au lieu d'être un jour de recueillement consacré au Seigneur. Malheur à vous, si ce parallèle, au lieu d'être pour eux un moyen d'édification, était une occasion de scandale !

Que la sainteté de votre vie soit donc un miroir où reluise la sainteté de votre croyance. Pour eux et pour vous, implorez du ciel ces grâces qui entraînent et purifient les ames. Déployez envers eux une charité sans bornes ; lisez et méditez, dans saint Paul, l'admirable tableau qu'il a tracé de cette vertu, sans laquelle nous ne sommes rien (1). Que cette charité s'étende, s'il est possible, à tous les opprimés, conséquemment à vos frères de religion, les catholiques des royaumes britanniques, qui depuis si long-temps revendiquent, sans succès, une

---

(1) 1ª Corinth. 13. 1 et suiv.

justice que l'anglicanisme persécuteur leur refuse; que cette charité s'étende à vos frères de religion et de couleur de la Martinique, tourmentés, incarcérés, déportés récemment par la fureur coloniale, qui ne veut pas même leur pardonner d'avoir réclamé les droits imprescriptibles qu'ils tiennent de la nature, de son auteur et des lois (1).

Catholiques et libres, vous n'aurez jamais de plus beaux titres. Mais qu'une défiance perpétuelle surveille tous les piéges par lesquels on tentera, long-temps encore, de vous ravir ces titres glorieux. Vos amis d'Europe s'occupent sans relâche à démasquer les trames ourdies contre vous, à démasquer les nom-

---

(1) *V.* l'excellent *Mémoire pour les déportés de la Martinique*, 8°. Paris, 1824, par M. Isambert, l'un des avocats les plus célèbres du barreau de Paris.

breux intrigans qui se relayent, en multipliant les libelles, les impostures, les menaces, les caresses, les promesses, les parjures pour vous arracher cette liberté.

Susciter la division entre les couleurs, est le moyen principal sur lequel vos implacables ennemis fondent l'espérance de vous remettre aux fers. Une brochure qui vient de paraître, atteste que tel est encore le projet d'un certain nombre d'entre eux (1). Dans mes écrits, j'ai signalé sans cesse ce danger, qui n'est pas illusoire. Désespérez vos ennemis par votre union, en vous ralliant toujours à l'étendard de la loi et de ceux qui en sont les dépositaires.

Sous des formes astucieuses l'hé-

---

(1) De Saint-Domingue, Réflexions, 8°. Paris, 1824, p. 11 et suiv.; par M. Mazois père, qui n'approuve pas à cet égard l'opinion des Colons.

résie cherchera sans doute à s'insinuer parmi vous. Si les plaintes élevées par quelques méthodistes étrangers contre quelques Haïtiens sont réelles, comportez-vous à leur égard de manière que ce qui était médisance ne puisse se reproduire que sous les traits de la calomnie; mais en ouvrant à des frères errans les bras de la charité, fermez votre sein à l'erreur. La liberté du culte est pour eux un droit, l'attachement à la religion catholique est pour vous un devoir. Conservez soigneusement cette pureté de croyance, désignée par les Pères de l'Eglise sous le nom de la *sainte virginité de la foi*. Que la piété développe et sanctifie les heureuses dispositions dont le Créateur vous a doués. Fasse le ciel que conduits par des pasteurs dont la vigilance soit aussi active qu'éclairée, dont les instructions soient fréquentes et solides, dont les mœurs pures soient pour vous des modèles, vous croissiez journellement en science et en vertus. Espérons qu'il arrivera le temps, où Haïti aura un clergé suffisant et vraiment national, sous la direction du vénérable archevêque de Santo-Domingo et celle de ses coopérateurs.

Haïti libre est un phare élevé sur les Antilles vers lequel les esclaves et leurs maîtres, les opprimés et les oppresseurs tournent leurs regards, ceux-là en soupirant, ceux-ci en rugissant; il n'est donné à personne de soulever le voile de l'avenir et d'y dérober les secrets que Dieu s'est reservés, mais d'après les données acquises par les événemens antérieurs et contemporains, on voit approcher l'époque où le *soleil en Amérique n'éclairera que des hommes libres, où ses rayons ne tomberont plus sur des fers et des esclaves.* C'est la prédiction consignée, il y a trente-trois ans, dans une lettre tant calomniée d'un ministre des autels (1) qui vous aimait, qui vous aime et qui est tendrement attaché à la religion catholique dont les principes bien connus, dont la morale bien pratiquée seront toujours un boulevard contre le despotisme et formeront toujours avec la liberté privée et publique une indissoluble alliance.

---

(1) Lettre aux citoyens de couleurs et nègres libres, par M. Grégoire, etc., in-8°. Paris, 8 juin 1791, pl. 12.

FIN.

www.ingramcontent.com/pod-product-compliance
Ingram Content Group UK Ltd.
Pitfield, Milton Keynes, MK11 3LW, UK
UKHW012259240726
13966UKWH00004B/1501

9 782011 776617